KB003268

눈많은그늘나비처럼

눈많은그늘나비처럼

장옥근 시집

문학들

시인의 말

스무 살 언저리에서
아버지는 대학을 가려거든
교대를 가라고 하셨다
여자 직업으로 초등학교 선생님이 제일이라고

그러나 나는 시인이 되고 싶었다
그때는 시인이 직업인 줄 알았다
몇 번씩 시를 향한 길을 벗어났지만
시인이 나를 다시 불러들였다
시 아닌 그 무엇도 나를 채워 주지 못했으므로

이제야
더욱 가늘어진 아버지께
투병 중이신 아버지께 이 시집을 바친다

2017년 11월
장옥근

차례

제2부

제3부

제4부

제1부

향나무 장롱

우리 집
딸그락 향나무 장롱 깊숙한 곳에
시집 올 때 함께 따라온
엄마가 있다

태어나 처음 자른 내 노란 배내머리칼 한 줌
첫 월경이 묻은 면 생리대 한 장이 담겨

조삼선 이름 석 자가 적힌
누렇게 바랜 살아생전 엄마의
구겨진 약봉지 안에

첫 내가 고스란히 들어 있다

사발 어머니 밥그릇

오래된 모든 것들이 추억으로 빛나는 것은 아니네
몇 년째 사람의 손길 가지 않은 어머니 장독대
숨죽인 세월처럼 하얗게 나앉은 사발 하나
빗물도 고이고 이슬도 고이고 달빛도 고여서
푸른 이끼가 듬성듬성 한 시절 금 간 아픔을 덮고 있네
손 귀한 종갓집에 첫 딸을 낳고
허연 사발 가득 멀건 미역국에 보리밥 몇 알 담겼던 기
억만 남아 있는
걷어 내도 걷어 내도 차오르는 섬진강 가을 안개처럼
가파른 용두 베틀 재 고개처럼
씹히지도 넘어가지도 않던 설움과 낯설음과 가난
사랑받는 막내딸로만 곱게 보낸 스무 해를 묻고
얼굴 한 번 본 적 없었던 신랑과
4대가 함께 사는 층층시하 종갓집 종부였던
아홉 골 모퉁이 바람처럼 시리기만 하던 어머니 한평생
잘린 버짐나무 옹이처럼 손마디 굵은 어머니
섬진강가 밭머리에 흘러간 것들은 무엇이었을까
또 흘러가지 못하고 남아 있는 것들은 무엇이었을까

꿈 없는 세월을 지나 이미 가 버렸거나 잊혀져 버린
이 세상 가장 외진 곳에 깨진 사발 하나 있어

숨바꼭질 그리고 꿈

마을 회관 흙마당은 동네 아이들 놀이터
어둠이 내려 얼굴을 알아보지 못할 때까지
사뿐사뿐 한쪽 발로 감은 고무줄만큼의 높이와
그 높이만큼의 허공을 내 세계로 만드는 고무줄놀이
무궁화 꽃이 피었습니다 무궁화 꽃이 피었습다
술래가 뒤돌아보지 않는 순간만큼 앞으로 나아가
내 자리로 만드는 무궁화 꽃이 피었습니다
두근두근대는 가슴을 참아 누르며 숨소리라도 들릴세
라
꼭꼭 숨지만 결국 발각되어 이름을 불리고야마는 숨바
꼭질

하얀 박꽃 같은 계집아이는
늘 덩치 큰 아이를 업고 서서
웃고 떠들고 쌈박질하는 아이들을
그저 바라보고만 있습니다
무거운 하늘을 이고 있는 낮은 초가지붕처럼
40년이 지난 지금도 등에는

늘 아이가 업혀 있습니다
급물살에 떠내려간 징검다리를 건너야 할 때도
흑백사진처럼 어설픈 하루를
빛과 그림자가 또렷하지 않는
등에는 늘 아이가 있습니다

낭원장 할아버지

우리 집 장독대에는 집구렁이도 살고 두꺼비도 살았습니다 크고 작은 항아리에 간장도, 된장도, 고추장도 하얀 소금도 담겨 있었습니다 그뿐 아니라 젓갈, 고추, 깻잎, 콩잎 등을 삭혀 오래 두고 먹을 것들이 담겨 있었습니다 매일 어머니는 반짝반짝 윤이 나게 그 항아리들을 닦고 별들이 가라앉은 캄캄한 우물물을 길어 제일 큰 항아리 위에 한 그릇 떠 놓고 새벽마다 두 손 모아 무언가를 싹 싹 빌곤 했습니다

그 장독대에는 어머니도 열지 못하는 항아리 두 개가 있었습니다 한지로 잘 밀봉된 그 항아리는 어머니뿐 아니라 식구들 어느 누구도 감히 열어 볼 생각을 못했습니다 '절대 그 항아리는 열면 안 된다' 던 할아버지가 돌아가시고 열 번의 봄여름가을겨울이 지나고 항아리를 덮은 누렇게 삭은 한지가 형체도 없이 떨어져 나간 2월 어느 날

아버지는 조심스럽게 그 항아리를 열었습니다 아, 두 항아리 가득 상평통보엽전 꾸러미가 똬리를 틀고 있었습니다 수천 수만 냥이었을 그 돈은 수십 년 동안 돌고 돌지 못해 더 이상 돈이라 할 수 없는, 오래된 쇠전 꾸러미

였습니다 보릿고개를 넘을 때마다 헤아릴 수 없는 식솔들의 허기에 온몸이 휘감겨야 했던 아버지, 휘청 숨소리조차 낼 수 없었던 그날 그 항아리 앞에서 우리 식구 모두는 아무 말 없이 할아버지를 원망했습니다

일본 놈들이 판을 치는 난세를 피해 지리산 아래 금환락지 토지 뜰로 터전을 옮기신 할아버지, 명절 때마다 주재소에서 보낸 쇠고기를 동네 앞 당산나무에 매달아 놓으셨다는 할아버지, 세 고을에 한 명씩 국비로 보내는 일본 유학길을 단호히 거절하셨다는 할아버지, 가끔씩 빈 가슴 가득 울리는 시조를 읊고 서당에서 학동들을 가르치고, 겨울마다 증손자 증손녀 앞세워 서당 앞 보리논에서 보리밟기를 하고 모내는 논에 나와 함께 자~자 못줄을 잡으시던 낭원장 할아버지

풀 죽은 햇살 아래 쇠전들도 차갑게 얼어붙었습니다

남산 가는 길

감색 운동화를 벗고 내가 처음으로 구두를 신은 것은 스무 살 봄, 오로지 색깔이 예뻐서 사 신은 진달래색 굽 높은 구두, 가난한 농부의 큰딸인 나는 대학에 갈 수도 없어서 친구집에 놀러 갔다 온다고 둘러대고 가출한 그때, 소설책 몇 권 읽은 것으로 세상을 가늠하려 했던 내가 당차게 '내 삶은 내가 꾸리겠다'고, '새 신발을 신은 것처럼 서울 생활을 시작하겠다'고 몇 가지 옷밖에 없는 보따리를 풀던 그때, 남대문시장 좌판에서 내 발에 끼워진 그 구두는 골라 골라 맘대로 골라가라는 상인들의 외침과 싸고 좋은 물건 고르려는 손들이 부산을 떠는 남대문시장을 미처 빠져나오기도 전에 나무토막처럼 딱딱한 그 구두는 이미 내 뒤꿈치를 파고들었다 그 구두를 신고 처음으로 오르려 했던 남산 길은 왜 그리 멀었는지 계단은 왜 그렇게 가파르고 많았는지 그날 부드러운 봄 햇살은 온 세상을 고루 비추고 있었지만 내 발은 진달래 꽃진 자리처럼 짓무르고 터져서 스무 살 나는 온통 뒤뚱거리고 있었다 내가 딛는 길이 기우뚱거릴 때마다 가슴에 물집이 잡힐 때마다 불도장처럼 찍혀 있는 그 스무 살 봄

이 피어나곤 했다

청색 고무신

키 큰 미루나무가 하늘까지 뻗은
신작로, 다섯 살 아이가 길을 간다
죽 보따리 머리에 이고 동생을 업은
엄마의 긴치마 끝에서 뒤꿈치만 보이는
청색 고무신 따라 종종걸음으로 간다
불안한 눈망울처럼 주먹만 한 함박눈이 내리고
잊힌 저편처럼
흐릿해진 인사동 골목에
박수근의 청색 고무신*이 걸어간다
까맣게 지워져 버렸거나 생각대로
기억되는 것들 사이로
청색 고무신에 희미한 외할머니
웃음이 들꽃처럼 피어나고
'엄마 쟤가 누구여?'
'니 딸이지 누구여.'
외할머니에 대한 단 한 컷의 기억
생의 끝에 선 외할머니는 그날
어찌 그리 쉽게 나를 알아본 것인지

엄마는 왜 나를 외할머니 마지막

가시는 길에 세운 것인지

높은 선반 위에 가만히 놓여 있던 엄마의 청색 고무신

을 닮은

한 사람의 한 시절이 담긴

저 청색 고무신은 누가 신었던 것일까

'청색 고무신' 앞에서 오래 떠나지 못하는데

기억의 강 위에 동동 떠 있는

저 청색 고무신의 만재흘수선은 어디까지일까

눈발처럼 외할머니와 엄마의 얼굴이 섞이는데

* 박수근의 그림

무덤가에서

쉴 사이 없이 강물이 흐른다
버리지 못하던 그토록 부질없는 것들을 가득 싣고
한 세월 미친 듯이 흘러 허허벌판
여기까지 왔구나
한때는 청보리 밭만 보아도
양지 바른 곳에 쑥 돋아나는 소리만 들어도
온몸에 소름 돋듯 살아나곤 하던 세포들이
녹슨 호미자루처럼 밭둑에 꽂혀
무심히 자라는 잡풀들 사이에 묻혔구나
또 한 세월 또 한 시절
그렇게 다시 안고 싶은가
보리밭에 깜부기 피듯 봄날의 나른함이 기지개를 켜듯
강물이 흐른다 흐른다
이별을 준비할 겨를도 없이 떠난
어디서나 제 몸뚱이 아낄 줄 모르던 사람
보이지 않는 나무뿌리들 적시고
저만치 뻗어 나간 마른 손가락 같은 삭정이들 쓰다듬어
다시 흐르고 싶은가 은빛 비늘 반짝이며

비상하고 싶은가 훨훨 새처럼 날아다니고 싶다던 소망
강물 거슬러 은어처럼 비상하고 싶은가
바람 끝마다 내 숨결 담은
보리피리 소리 실려 보내나니

소리를 보다

11월의 끝자락 북촌 창우극장에서
가난하지만 가난이 묻어나지 않는
평산 신기용의 소리를 들었다
건드려 주지 않으면 가 닿지 않으면
결코 소리가 되지 않는 소리들
소리 밖에 있는 소리들을
그의 손의 움직임과 눈빛이 빚어내고 있는
그 소리들이
내 심장을 타고 흘렀다
나는 두 눈을 감고 그 소리들을 보았다
그동안 귀로만 들어 왔던 무수한 소리들을 털어 내고
내 몸 구석구석이 귀가 되고 눈이 되어
독수리의 영혼이 광활한 허공을 퍼덕이고
늦가을 저녁 섬진강이 흐르는 언덕으로
나를 데리고 가는 소리들이
내 몸을 어루만졌다
보따리 하나 들고 자취방 찾아
아버지 따라 걷던 열여섯 산수동 거리

먼 길을 간다는 것이 무엇인지
자기 스스로 산다는 것이 무엇인지
내 안에 있는 소리들은 어떤 소리들로 살아나야 하는지
평산 신기용의 소리들이
오래 잠든 나를 깨우고 있었다
둥둥둥 초원을 달리고 있었다

설해목

그 나이가 되어 보지 못해서
미처 알지 못했던 것들이 얼마나 많은가
엄마는 그때 그랬구나
나를 잃고 단번에 허물어져 버렸구나
조용히 눈은 내리고
세상의 모든 것들 두터운 잠처럼 깊어지는데
바람도 단잠에 푹 빠진 오늘
우리들이 있는 바다엔 눈이 내리지 않고
그때 알지 못하여 엄마의 마을엔
회한처럼 눈이 내리고 쌓이고
가지 못한 섣달그믐 밤이 또 젖는다
바람을 만들지 못하고
미처 우산을 준비하지 못한 나무들이
빈 몸을 적시는 밤마다
그대로 어둠이 되는 날들
엄마는 그때 그랬겠구나
엄마의 마음속을
들여다보지도

헤아려 보지도 못하고
다시는 새순을 밀어내지 못할 곳으로
속절없이 왜 와 버렸는지
왜 얼어붙어 버렸는지

수유역에서

서정춘 시인이 사십 년 걸쳐 썼다는 종소리가
지하 수유역에도 가루가루 우는데
수유역 4-4구역 의자에
부러진 삭정이처럼 노인이 누워 있다 마디마디 풀려서
팔과 다리가 축 처지고 눈을 닫아 버렸다
더 가야 하는데 조금 더 가야 하는데 왜 이렇게 기운이
없지? 철들지 않을 때부터 달려왔는데,
수유3동 콩나물 놀이터 옆 에미 없는 일곱 살 다섯 살
손주들이 있는 청안빌라 내 집까지 가야만 하는데
짧은 겨울해가 붉게 멈칫거리는 북한산에
검은 까마귀 한 마리 길게 날아간다
단단해져야 할 세월을 한 귀퉁이도 무심으로 넘지 못
했으니
가느다란 바지 끝에 찬바람이 스칠 때마다
온몸을 부르르 떨면서도 배운 것 없고 가진 것 없는
내 삶 한 켠에 자라나는 올망졸망 다섯
내 새끼들 배를 채워 주기 위해
얼마나 손마디 굵은 시간들을 보냈던가

예기치 않는 곳에서 불쑥 삶의 끝자락을
마주한 그가 지금
어느 날 지하철 창문에 스치듯 비치던
제 모습을 다시 바라본다
눈을 감은, 벙그러진 입속으로
어머니의 붉은 젖꼭지가 들어온다

나도 엄마를 불러요

눈을 떠 보니 꼬리지느러미가 돋아나 있네요
더 이상 숨 막히지도 슬프지도 않고
내 몸이 가벼워져 있어요
간간이 엄마가 목 놓아 부르는 소리가 들렸어요
몸부림치는 소리가 들렸어요
나는 사람의 목소리를 잃어버린 인어아가씨
엄마 나 여깄어 엄마
엄마 그만 울어요
소리쳐도 내 소릴 듣지 못하고 점점
타들어 가기만 하는 엄마
한순간도 잊지 않고 보고 있어요 엄마
결코 물거품으로 사라지지 않을 내가
여기 있어요 엄마
더는 미안해하지 말아요
슬퍼하지도 말아요
엄마 곁에서 충분히 행복했어요
언젠가 내가 다시 태어난다면
그때도 엄마 딸일 테니까

엄마는 그때처럼 그냥 엄마로서
그 자리에만 있어 줘요 엄마
엄마

진달래

찬바람 끝을 거두지 못한 3월
청심천 오르는 길에도 진달래가 따라온다
흐득흐득 흐드득
겨우내 무거운 몸 억지로 중심 잡고 서서
나도 흐드드득 흐드드득
그 바람 달래어
봄 맞을 준비를 해야 한다

말없이 올려다보는 청심천 진달래
병들어 사윈 엄마의 얼굴이 되었다가
잊어버린 내 얼굴이 되었다가
이제 다시는 만날 수 없어요
다시는 만져 볼 수도 없어요
이승과 저승을 가르며
엄마가 말없이 걸어갔던 진달래 꽃길
질척거리는 기억들 나무 밑에 묻어 두고
이제는 푸른 잎을 피워 내야 한다

바람이 지난 자리에도
바람이 이는 자리에도
불쑥불쑥 나타나는 진달래
소중한 사람을 떠나보내 본 사람은
떠나간 그 자리에 언제나 멈추어 있는
그 숨결 느낄 수 있는 사람은
다순 봄 햇살에도 언제나
진달래는 아픔이다
진달래는 눈물이다

봄눈

전신마취에서 깨어나
모든 기억들이 서서히 돌아오고
나를 부르는 소리들 다 들리는데
좀체 눈이 떠지지 않았다

한때 푸르고 살아 있는 것들을
키워 내던 밭고랑에 삼월에도
하얀 눈이 쌓여 조금의 시간과
햇볕과 물기가 내게도
더 필요한 순간이었을까

끝을 향하여 시작점에 설 때마다
새로운 힘이 돋아나는 것
살아 있는 것 자체로 꿈을 키우듯,
새로운 생명을 부르듯
어쩌면 얼굴을 스치는
조용한 속삭임 같은 봄비의 촉촉함으로
서서히 부풀어 오르는

눈은 쉽사리 죽지 않고
내 눈은 오랫동안 떠지지 않았는데

엄마 엄마
내 어린 딸아이가 애타게 부르는
소리가 들렸다

아버지

아득하게 먼 산

오래된 산등성이

모로 길게 누워 있는

찬비 내리는 가을

더욱 가늘어진 먼 산

서늘한 잔등성이

끝내 지워지지 않는

나다, 엄마다

수천 통의 편지가 오고 간 나의 메일함에 십수 년 전에 받은 토지사랑 엄마의 처음이자 마지막 편지가 겨울 빈 들판의 푸른 청보리처럼 아직도 살아 있다 오래 묻어 둔 첫사랑에게 편지를 쓰듯 낯선 자판을 한 자 한 자 두드렸을 엄마의 검지 손 가 락. 나다, 엄마다, 항시 건강해라. 엄마의 마음 가슴 깊이 전해져 오는데 이젠 답장을 쓸 수도 없어 엄마, 엄마, 엄마 혼자 견딘다는 것은 겨울나무처럼 그냥 그 자리에 서 있는 것, 봄을 기억하는 것, 갈수록 걸음이 느려지고 눈길이 물처럼 아래로만 흐르는 물기 많은 겨울 저녁

청동거울, 내 얼굴이 보이지 않는다

언제부터였을까 혼자 견디어 내야 하는 일이 늘어날 때마다 녹이 슬어 내 얼굴이 잘 보이지 않는, 청동거울을 들여다본다 그러면 타클라마칸 사막 한 줄기에 잠들어 있던 죽은 모나리자, 누란 미라의 긴 속눈썹 위로 모래바람이 날리고 강가 모래알에 물기가 스며들 듯 재빠르게 무명저고리 낮은 코에 쪽진 할머니 한 분이 슬쩍 주름진 고개를 들기도 한다 내가 사는 이유는 봄 빗줄기처럼 여러 갈래지만 살아 있는 것 모두 살아 있는 이유가 되는데 TV 드라마에 넋을 뺏긴 날들처럼 텅 비어 있는 순간도 나의 청동거울은 내 얼굴을 보여 주지 않고, 길에서 잠시 이탈한 마음마저도 감추어 준다 게걸스럽게 먹어 치운 저녁 밥상이 일으키는 소용돌이처럼 구석구석 회오리바람이 이는 내 얼굴에서 어느 순간 느끼는 서늘한 낯설음처럼 내 얼굴이 보이지 않아 허둥대다가 내 얼굴이라고 생각하는 새로운 얼굴 하나를 밤새 그려 넣을 때도 있다 그러면 어머니를 닮은 내 얼굴이 다시 보이고 봄꽃들이 만발한 따뜻한 봄날, 어머니 영혼이 건너갔던 보현사 앞 저수지에는 지금도 바람이 일지 않는다

제2부

죽음을 맞이하는 방식

사람 발길 끊어진 길 따라 들어선
늙은 어미 가슴팍 같은 가을 숲
풀벌레 울음소리도
바람도 없는 숲에서
야윈 뼈마디마다
솔방울을 달고 있는 소나무를 만났다
잎이 누렇게 마르고
검버섯 피어 푸석푸석한 둥치
헌 옷가지처럼 서서
살아온 세월 새기는 일보다
병마와 싸우는 일보다
이생生을 이어 다음 생生을
둥글리는 일이 먼저,
마지막 힘을 솔방울 맺는 일에 다 쏟았을까
잎보다 더 많은 솔방울을 달고
소나무는 조용히 서 있었다

사막을 건너다

사막을 건너는 낙타는
무엇을 볼 수 있을까
사막을 건너면서 낙타는
무엇을 할 수 있을까
낙타의 하늘이 사막이 되기도 하고
낙타의 가슴이 사막이 되기도 하는
사막을 건너는 낙타는
사막을 건너는 일 말고
낙타의 혹이, 낙타의 다리가
서서히 사막이 되어 가는 일 말고

건너온 사막은 이미 없다
길은 멈추는 곳에서 끝이 난다
나무토막처럼 딱딱한 낙타의 등 위에서
나도 낙타와 함께 사막을 건넌다
두 개의 넘어야 할 산 같은 내게는 없는
낙타의 혹을 만지면서 결코 고개를 숙인 적 없고
발목을 꺾은 적 없는

낙타처럼 나도 건너야 할 사막 위에서
고개를 죽 빼고 정면으로 땡볕을 받으며
이마를 단단하게 꼿꼿이 세워
사막을 건넌다
옛날이 섞인 모래바람 따윈 기억하지 않고
오아시스도 없고 신기루도 없는
낙타의 두 눈과 함께
길 없는 길을 걸어 앞으로 나아간다

편두통을 앓을 때마다

천천히 약국으로 향한다
나도 모르게 손가락은 발딱거리는 왼쪽 관자놀이를 누르고
메스꺼움을 삼키면서 편두통약을 사러간다
빨간약 한 알을 삼키고
통증이 사라지기를 기다리는데
폐암으로 죽은 인순이의 마지막 눈빛이 눈시울에 얹힌다
마루 끝에 기대서서 나를 서늘하게 바라보던
죽어 가면서도 한없이 평온하던 그 눈빛
쉴 새 없이 터져 나오는 기침과 통증을 뚫고
어떻게 그렇게 맑고 고요한 눈빛이 나올 수 있었는지
오십도 안 된 나이 딸 아들을 남겨두고
어떻게 그렇게 편안하게 죽음을 맞이했는지
온전하게 홀로 감당해야 할
사는 일이 어렵지 않은 적 없어,
서울의 중심부에서 조금씩 밀리기 시작한 삶이
남도 끝 세 평 지하 사글세 가게에

밥과 반찬이 되어 주는 팔려 나갈 옷들이
그 애의 한숨처럼 빼곡히 걸려 있었다
눈물처럼 끈끈하게 따라다니던 가난과 먼지가
그 애의 여린 날숨과 들숨 사이에 쌓여
끝내는 그 애를 앗아 가고
어쩌면 그 애와 함께 죽지 않고 암 덩어리가 살아서
지금도 지하 셋방이나 길거리에서 배회하고 있는지도
모르는데
편두통이 사라지기 전에
텅 빈 위장에 쓴 소주를 털어 넣은 것처럼
가닥가닥 몸이 먼저 풀려 간다
잠 속으로 서서히 빠져들면서
잠자리 날개에 내리는 가을 햇살처럼
가벼워진 영혼으로 날아가 버린 인순이
언제나 마음속에 함께 있는 그 눈빛을 생각한다

절규

이를테면 왜
나의 소뇌는 남보다 빨리 줄어들었을까
말이 어눌해지고 걷는 것이 불편하고
글씨조차 쓸 수 없는
나를 덥히는 밥 한 그릇은
어디에서 올까
촛불이 다 타고 난 밤 열 시
광장은 이미 텅 비어 있었다
타야 할 기차를 놓친 사람처럼 서서
그 아이들과 눈 맞추지 못하고
어둠이 슬픔을 가리지 못하듯
침묵 또한 묵인하는 것이 아님을
함께 흐르지 못하고 남아 있는 물은 모두
어딘가로 스며들거나 말라 버리는 것이 아님을
이순신 장군 동상 옆에서 그림자처럼 서 있었다
잊지 않겠다던 젖은 약속도
용서하지 않겠다던 분노도
밥 한 그릇을 위한 비굴로

소뇌위축증 환자로 돌리면서
옳다고 모든 사람이 한 목소리로 대답하고
오른손을 일제히 들어 외칠 때
나는 설거지통에 두 손을 담그고
말라붙은 음식 찌꺼기와 함께
구정물처럼 빙글빙글 돌던, 나도 오늘은
광장에 홀로 서 있었다

어둠은 거미줄처럼 나를 감고

어둠이 내리는 경계의 시간에
성긴 마음의 나를 세워 두고
어둠이 어떻게 오는지 또렷하게 보고 싶었는데
며칠째 어둠은 항상 한꺼번에 몰려왔다

마치 어둠은
사람들이 견고하게 만들어 놓은
집도 차도 배도 논도 밭도 순식간에 삼켜 버리는
거대한 물기둥처럼
세상의 모든 그림자를 한순간에 지우고
내가 가야 할 길도 돌아가야 할 길도 단박에 지우고
아무 일도 없다는 듯이 맨 얼굴로 서 있었다

어둠 속에서 나는
한 마리 길 잃은 짐승처럼 서서 언젠가는 나무였음을
말해 주는 기둥에 기대서서
낮 동안 일렁이던 내 마음에도 나뭇잎에 내리는
어둠만큼 어둠을 담았다 눈을 감고

더욱 농밀해진 어둠은 강물처럼 흘렀다
얼굴이며 발목에 어둠은 거미줄처럼 나를 감고

보이는 것도 들리는 것도 생각나는 것도 모두
어둠 속에서 더욱 선명하게 나를 깨우고
저녁 8시,
어머니가 나를 부르는 소리가 들렸다

109번 버스

늦은 봄밤
혜화동에서 109번 버스를 타고
수유리 집으로 간다
삼선교를 지나 미아리고개 너머
'진심 예언가' '백운 운명철학' '행복 철학관'
운명을 예언하는
점집들이 다닥다닥 붙어 있는 차창 밖
한 번도 들어가 본 적 없는 저곳에서는
내가 가야 할 길을 말해 줄 수 있을까
잠시 머무는 집으로 가는데
이번 역 다음 역
안내방송은 친절하게 안내해 주지만
내가 내릴 역은 아직 멀고
살아온 날만 빠르게 지나간다
'100세 건강마사지' '내 몸에 약손 마사지'
눈조차 뜰 수 없는 편두통
떨어져 나갈 것만 같은 어깨
점점 굳어 가는 혀

마음과 의지를 항상 배반하고 마는
내 몸을 만져 주면 통증 없이 살아갈 수 있을까
한 달 치 약봉지를 끌어안고
지금 타고 가는 109번 버스는
108가지 번뇌 지나 109번째 행복으로 가는
길을 가고 있는 것일까
이어폰을 끼고 눈을 감고 있는 사람
핸드폰으로 드라마를 보는 사람
나처럼 창밖만 바라보는 사람
또는 꾸벅꾸벅 졸고 있는 사람들 틈에 끼어
술 냄새 담배 냄새 화장품 냄새에 섞여
불이 켜져 있을 집으로 가는데
'까치 공인 중개소'가 눈에 들어온다

버드나무

낮 동안 뛰어놀던 아이들이 사라진 텅 빈 운동장에 고
요가 길게 누워 내 발목을 휘감을 때 무연하게 서 있는
버드나무 작은 잎사귀 뒤에 무성하게 숨겨 둔 말들을 쏟
아 냈을 때 나는 거미줄처럼 가볍게 그에게 눈길을 주었
다 늘 곁에 있는 사람도 서로 끈끈한 눈길을 나누었을 때
새로운 의미의 사람이 되듯이 나는 그와 고요를 함께 나
누는, 가득 찬 어둠의 심연을 함께 나누는 사이가 되었다
시간을 뛰어넘어 오랫동안 준비해 왔던 나와 그 사이의
하나의 몸짓이었는지도 모를, 생의 이면에 젖꼭지를 달
고 벌레들을 유혹하는 젖 냄새였는지도 모를 그 순간에
한 번도 그의 옆모습을 본 적이 없다는 생각이 들었다 사
람들의 옆모습은 빈틈이 많아서 그 옆에 서 있고 싶을 때
가 많았는데 그가 소리를 내지 않는다고 숨을 죽이고 있
다고 매번 그냥 지나쳐 버린 잘못된 걸음이었다 바람 없
는 날 스스로 부딪치지 않으면, 서로 마주 비비지 않으면
어떤 소리도 낼 수 없음을 그는 처음부터 몰랐을까 운동
장 곳곳에 낮 동안 필요한 금들이 어둠 속에서는 더 이상
금이 아닌 채 그어져 있고 금 안의 세상과 금 밖의 세상

을 나누는, 자신을 세우는 기둥 하나 갖지 못해 빠르게
달리는 사람도 천천히 걷는 사람도 늘 어딘가에 속하지
못해서 안달을 떨고 있을 때 나의 옆모습은 누구에게 비
어 있었나 나무는 그 자리에서 어디를 향하고 있는지 한
번도 나무의 옆모습을 본 적이 없었다

우화

장마는 길었다
수종사 삼층석탑도 뼛속까지 젖었다
눈과 귀 닫고 7년
유폐의 시간
수액도 먹지 않고
묵언 수행한 매미
지대석을 잘게 조각내는
화두는 부모미생전본래면목*
말 대신 씨줄과 날줄은
날개가 되었다
탑신을 끌어안고 온몸을
말아 딱딱한 등을 가르고
가벼운 날개 꺼냈다
이미 젖어 있는 것은
더는 젖지 않을 거야
비는 잦아들지 않고
밤은 깊어 갔다
울지 않으면

몸은 더 단단해지겠지
날지 않고 한 곳만 들여다보면
또 다른 세상을 볼 수 있겠지
서른세 번의 범종이 울고
오분향* 새벽예불이 끝났다
울지도 날지도 않고
다시 참선에 든 매미
날개에 빗방울이
종소리처럼 맺혔다

*부모미생전본래면목(父母未生前本來面目) : 이 세상에 태어나기 이전 본래
  모습.
**오분향(五分香) : 계향, 정향, 혜향, 해탈향, 해탈지견향. 최고의 깨달음에 이
  른 사람이 갖추어야 할 다섯 가지 공덕을 향해 비유한 말.

쉰, 살아 있다는 것

이미 지나가 버렸거나, 아직 오지 않았거나
나의 계곡에는 항상 살아 있는 것들이 모여
온기 있는 것, 익숙한 것들을 만들어 냈다
때로 아무 일도 없었던 것처럼 말짱한 얼굴로
제 그림자 속으로 모든 것들을 묻어 버리기도 하면서

돌이켜 보면
눅눅한 곳에 한 줌 햇살이 되지도
세상의 여리고 작은 소리들과 함께하지도 못했고
부드러운 생명을 감싸는 단단한 씨앗 껍질처럼
제 삶을 야무지게 추스르지도 못했으니
하늘만큼이나 무거워진 12월

나를 버티게 해 준 것들은 그냥 흐르는 것들이었다
가슴 저린 사랑 하나 없이
가을 들녘 참새 떼처럼 부지런한 날개도 없이
늑골과 늑골 사이를 무디게 지나가 버린 젊은 날
어느 꿈 없는 밤을 지나 아침을 지나 세상을 맞는 나팔

꽃처럼
  새벽을 걷어내는 여린 웃음 서늘한 눈빛이었다

  하루 15분의 여유도 가지지 않은 나의 의자에는
  마른 모래바람이 불어 검은 우산이 펼쳐져 있었다
  아직도 하고 싶은 것, 해야 할 일들도 많은데
  살아갈수록 서성이는 날들이 많아지고
  희미한 물그림자처럼
  지나간 사람들이 그리워지고

철새

가을에서 겨울로 가는 11월의 바람 속에서
새들은 슬픔을 노래하지 않는다
결코 눈물을 흘리지 않는다
지상에서 떨어져 있는 만큼 온기 없는
흔들림에 몸을 맡기고 있다
온전히 몸을 맡기고 상한 날개를 쓰다듬고 있다
날아온 거리를 돌아보지 않고 가야 할 길만을
가늠해 보아야 하는가
바람 앞에 결코 꺾이지 않는 날개를 가진 철새
기다리는 일은 꿈을 꾸는 일이던가
다시 날기 위해 몸을 가볍게 만들고
더 많이 날아온 새들의 깊어진 눈을 들여다보는 일이
던가
비를 피해 찾아든 둥지
맨땅 위에 엎드려 있는 새들이 보인다
날개가 보인다

자작나무 숲을 지나며

　내가 나로 살고 있지 않을 때 12월의 나는 자작나무처럼 껍질이 트고 희어진다 하늘이 맑은 날이면 더욱, 걸어도 걸어도 오래 길이 열리지 않을 때, 내가 나로 사는 것이, 온전하게 나답게 살아 내는 것이 살아가는 목적이 되지 못할 때, 자작나무 숲이 슬픈 빛을 미처 거두어들이지 못한 것처럼 입술이 터지고 흰 뼈만 남은 자작나무처럼 흔들린다 그냥 흘려보내 버린 소낙비 같은 것들이 다시 천천히 흘러오는 깊은 계곡 어딘가에서 길게 누운 저녁 산이 나를 뱉어 내고 푸른 장미를 처음 보던 날처럼 낡고 헐렁해진 신발들이 나를 일으켜 세운다 쓰다버린 작대기처럼 맨몸으로 세상에 내던졌을 때 온전한 나로 설 수 있는, 너무 힘들다고 모두가 너무 어렵다고 할 때 날선 희망을 간직하는 것만으로도 너무나 희망적일 때, 나의 겨울은 푸른 것들을 안으로 감추고 서 있는 얼어붙은 둔덕의 말없는 중얼거림이거나 바스락거리는 바람의 얼굴을 자작나무 가지 끝에 부비는 끝없는 날갯짓으로 더욱 깊어지고

삭정이

죽어 간다는 것은
단지 살아 있음의 부재 또는 기억을 잃어 가거나
살아 있는 순간의 숨결이 잊혀진다는 것일까
물가 나무는 밤새 흐르는 물소리 몸에 새기려
머리끝에서 발끝으로 흐를 때까지 귀를 기울이거나
어둠 속 심연으로 끝도 없이 침잠해 들어가고서야
육체의 한 부분을 아무렇지 않게 내동댕이치는 말라비
틀어진
팔이나 다리 한쪽 혹은 이파리
남은 목숨을 보전하기 위한 외면, 애써 아무렇지 않아
한다

지금 나의 삭정이는 오른쪽 송곳니
제구실을 못한 지 몇 년째 벌겋게 부풀어 올라
뿌리 없는 나무처럼 흔들려 잇몸을 먹어 버리는, 뿌리
도 없는
송곳니를 여태 뽑아내지 못한 것은
단지 내 몸 일부에 대한 집착일 것

버려야 될 것도 버릴 것도 잘 버리지 못하는 나의 습
성이
다른 성한 이빨들까지도 상하게 만들었다
나도 모르는 사이에 내 몸에서
삭정이가 된 죽어 가는 것들이
피돌기를 막아서고 있는 것처럼
죽어 간다는 것을 매 순간 간과하는 누군가의 삭정이
는 아닌지
버려지지 못하는 삭정이가 되어 가고 있는 것은 아닌지
소름 소름이 돋는데

살아 있는 것들은 모두
살기 위해서, 살아남기 위해서
살아 있는 쪽으로 몸을 기울이는 것처럼
나무가 나무이기를 죽어서도 포기하지 않는 삭정이에
게로
호박 넝쿨이 힘차게 손을 뻗어 왔다

지상에 지은 집

목 백일홍 숨죽인 기도가
저녁 그림자만큼 길어지는 가을
꿈꾸듯 걸어온 냇가에
달아오른 두 발을 담갔다
오른발 왼발 내디디면
앞으로 나아간다는 것을 알아 버린 순간부터
내 몸을 떠안아 흔들림 없이 걷던 발
그것은 어쩌면 나의 아침이고 한낮이었다

지나쳐 온 것들과 두고 온 것들은
생각보다 쉽게 잊히고 사라지지만
늘 걸어야 한다고
늘 흘러야 한다고
풀무질하던 심장
팔랑거리던 초록 잎새마다
바튼 숨소리 토해 내고
여름 내내 빠르게 흘러가는 물가에서
왜 그렇게 어지럼증에 시달렸는지

걸어가는 것도 흘러가는 것도
잠시 쉬어 갈 집을 짓고 싶다고
이젠 따뜻한 집을 가지고 싶다고
뒤축이 닳아진 신발들이 뇌까리는
뒤뚱거리는 말들이 들려왔다

새들이 언제든 날아오르기 위하여
지붕이 없는 집을 짓는 것처럼
날기 위하여 두 발을 잠시 오므리는 것처럼
나도 내 발들에게
울타리도 대문도 없는 집을 지어 주고 싶었다

플라타너스

닿을 수 없는 너와의 간극이
나를 키웠다
척박한 땅에서도 폭염 속에서도
천천히 몸을 뒤척이는 이파리
커지는 몸피
구멍이 많은 가슴은
너를 바라보는 시간이 많아질수록
내 그늘은 짙어졌다
너와의 거리
너와의 갈림길
언제나 네 편이야
너에게로만 향하는 모든 촉수
얼마나 옹이가 생기고
얼마나 껍질을 벗겨 내야만
너에게 갈 수 있을지
닿을 수 없는 너와 나의 거리
물웅덩이처럼 비어 있는 곳,
숨 쉬고 먹고 마시는 동안에도

노랗게 물들지 못하는 내 마음이
오늘은 수천의 귀가 되었다
눈이 되었다

고드름

너에게로 가는 길은 아득하다
흐르다 멈추어선 길
저편의 사실들이 검게 허물어진 내장
모서리와 모서리가 만나는 곳에
성냥불처럼 작은 기억들이 모여 있다
거칠고 푸른 바다 속을 마음껏 유영하던
꽁치 한 마리가 아침 밥상에서
흐르다 멈추어 선 길은 벽이라 말한다
한번쯤은 다시 거슬러 올라 멈추고 싶은
다른 세상과 만나고 싶은 나만의 몽니를 키우고
원하는 대로만 살아지지 않은 날들이
줄줄이 엮인 어물전 코다리처럼 달그락달그락 얼어 가
는데
너를 바라보는 시간이 길어질수록
너에게로 가는 길이 멀어질수록
단단하게 굳어지는 내 마음의 뼈
어느 밤 몰래 내리는 눈발에
쉽게 지워져 버리는 길에서도

때로 잘못 들어선 길 아닌 길 위에서도
내 삶의 끝이자 시작인 너에게로 가는 길
떨어지는 한 방울 물처럼 쉽게 몸을 부리는 내가
너에게로 흘러가는 것만이
너에게 가 닿을 수 있는 것은 아니기에
오늘은 흐트러진 마음 벽을 마주하고
투명한 창끝처럼 나를 곧게 세운다

달팽이

큰 달팽이 한 마리 이사 갔나 부다
자작나무 가벼워진 잎 털어 내듯 마른 풀숲에 빈집 부
려 놓고
몸 바꿔 길 떠났나 부다
시곗바늘 동그라미 그리듯 돌기가 새겨진
집 안 깊숙이 들여다보아도 흔적 없고
귀 열어 봐도 아무 소리 들리지 않는다
눈 닫고 귀 닫고
두 개의 더듬이로만 세상 읽기
오로지 냄새와 감촉만으로 가늠하던 언덕을 지나
어둡고 축축한 곳만 골라 디딘 발걸음 모아
안거에 들어간 수행자처럼 고추 먹고
초록색 똥을, 당근 먹고 주황색 똥만 싸는
큰 달팽이 그 연약한 집도 버거워
젖은 빨래처럼 뼈 없는 몸
곤봉딱정벌레 배 속으로 옮겨 갔는지
꽃개똥애벌레 입속으로 기어들어 갔는지
사리 한 과도 남기지 않았나 부다

제3부

저무는 길

구리 청과물 시장 지나
태릉으로 빠지는 도로 가에
앞서간 날들이 지도처럼 그려져 있는
늙은 버짐나무 두 그루 나란히 서 있는데
마치 한 나무처럼 보이는,
'저 나무들은 서로 사랑을 하고 있구나'
보이는 것이 다는 아니지만
보여지는 것도 중요하다는 듯이
다가서는 만큼 멀어지기만 하는
수평선 같은 그런 사랑이 아니라
서로 다른 뿌리와 가지를 키우면서도
마주 보지 않아도 말을 하지 않아도
닿을 듯 말 듯
다 안다는 듯이
두 그루 나무 나란히 서 있는
어울림 아파트 사이로 11월
하루해가 서서히 저무는 길에
할아버지 할머니 나란히 걸어간다

편지

"네가 있어
세상이 온통 환하다"

먼지 쌓인 책장을 청소하다
누렇게 바랜 '아리랑 고개의 여인' 책갈피에 끼어
스무 살의 서투른 한순간의 진실이 담긴
우연히 잊혀져 간 편지 한 장 마주하고
네가 꿈같이 다가오는 오늘

우리들의 작은 목소리가
세상을 바꿀 수 있다고
우리들이 던지는 작은 짱돌 하나가
어딘가에 박혀 굳게 닫힌 창문을 박살 내고
역사의 주춧돌이 될 수 있다고 믿었던 시절
우리가 가는 곳마다 쌀가루처럼 뿌려지던 최루가스
전투경찰들의 곤봉 앞에서 잠시 흩어졌다
다시 어깨 걸고
개미 떼처럼 다시 모여들곤 했던 그 광장에서

땀에 절어 누렇게 된 종이에 정성스럽게
씌어져 있던 그 한마디에
바람 없는 날 붉은 진달래 꽃잎처럼
온몸이 수줍어지던 그때

사십 년이 지난 지금의 세상은
힘없고 가지지 못한 사람들에게는
여전히 어지럽고 어두운데 나는
한 끼 따뜻한 밥과 포근한 잠자리 속에서
내 가족의 안위만을 생각한다
수없는 감시의 눈을 마주 보는
수많은 눈들은 아직 살아 있고
낮은 곳을 비추는 촛불이 있는 광장에
아직도 네가 있어 세상은 온통 환한데

그날

그날 비 오는 거리
인사동 낙원 호프집에서
스물 몇 해 만에 만난 선배는
지나간 시절을 짊어지고
지나간 시대를 이야기하고
꺾인 시의 허리를 곧추세우고
비에 젖고 술에 젖는데
날개 젖은 비둘기 한 마리
절뚝이며 들어왔다
아무도 반기지 않는데
아무도 눈길 주지 않는데
취하고 싶어 들어왔다
우리가 걸었던 거리에
눈가루처럼 뿌려지던 최루가스 속에서도
어깨 걸고 외쳤던 꿈꿨던
눈물 콧물 범벅이 된 자유의 온기
아직도 고스란히 남아 있는데
아직도 못다 한 시인의 말

술잔 위에 뚝뚝 떨어지는데
어쩌다 다시 만나
그 옛날을 이야기하고 또 이야기하지만
마지막 끌려가면서도 잊지 않았던
차가운 총구의 감촉
군홧발에 짓밟히던 허기진 살가죽
세월은 흘러도 지워지지 않는데
이제는 버스도 끊긴 정류장에서
푸른 잠바로 서 있던 그날의 아버지
푸른 그 하늘을 날 수 없는
비둘기 한 마리
구 구 구 구, 구 구 구 구
말이 하고 싶어서 들어왔다.

서문식당

지하철 1호선 남영역 2번 출구
푸른 담쟁이들이 낡은 벽의 치부를 가리듯
촘촘히 기어오른 담장을 끼고 걷다 보면
우뚝 솟은 건물들과 질주하는 차들이
오래된 것들과 느린 것들을 비웃고 있는 듯한
청파대로를 달린다
가야 할 어딘가가 없는 사람처럼 아득해지는데
새로운 길을 가거나 익숙한 길에 머물러 있거나
빈 위장의 공간에 누구나 똑같은
허기가 번져 오는 때늦은 점심시간
날개 접은 새가 고요해진 바람 끝에 잔 깃털을 고르듯이
눈여겨보지 않으면 보이지 않는 쑥부쟁이 꽃처럼
프리미엄 이안아파트 뒷골목에
낮고 허름한 지붕의 서문식당이 있다
많은 시간 손발을 맞춰 온 어깨가 기울고
손마디가 닳아 버린 익숙해질 대로 익숙해진 부부
더운 김과 음식 냄새 섞인 뿌연 주방에서 마치 오늘쯤
이면

빠른 시간에 지쳐 털썩 일상을 부릴 줄 알았다는 듯이
듬뿍듬뿍 정을 담듯 푸짐하게 반찬을 담고
하얀 밥을 눌러 담는 손길이 바쁘다
동태찌개 주세요
김치찌개 주세요
꽁치조림 더 주세요
밥보다 먼저 막걸리 한 사발을 먼저 들이붓고
엉덩이와 엉덩이를 어깨와 어깨를 맞대고
어디든 뿌리내릴 곳만 있으면 빈 곳을 덮어 버리고야
마는
그들만의 삶을 살아 내고야 마는 담쟁이들처럼
서두르지 않고 한 끼 맛있는 식사를 위한 빨판을 내민다

소독

'숟가락에서 이상한 냄새가 난다' 아침 밥상머리에서 딸애가 중얼거리는 말을 듣고 수돗물 한 바가지 붓고 숟가락들을 삶았다 생각해 보니 남들이 먹은 숟가락 소독은 당연하게 여기면서 '우린 한 식구니까' 소독할 생각조차 하지 않고 살았다

물은 뜨거워지면서 마치 한 방울의 물이었음을 확인하듯 방울방울 더운 숨을 뱉어냈다 뜨거움을 넘어 끓어오르기까지 시간 동안 물은 한 몸으로 숟가락들을 부드럽게 감싸 안고 있었지만 북덕북덕 끓기 시작하자 물은 방망이로 두들기듯 식식거리며 더러워진 숟가락들을 닦달하고 있었다 꼭 폭우 끝에 빠르게 계곡을 훑고 가는 성난 물의 혓바닥을 보는 것 같았다

하얀 김으로 물안개로 어디로든 가볍게 날아오를 수 있는 물이었거나 허공을 가르는 빗방울 또는 멈추듯 조용한 저녁 강물이었거나 저 끓는 물이 여기까지 온 길은 알 수 없지만 무뎌진 내 손가락이랑 한 식구라는 이름으

로 묶여 서로 잊어버린 하나하나 얼굴도 숟가락과 함께
소독하고 싶었다

우이동

"엄마라고 부르고 싶어요."
여름 한철 철새 떼처럼 물가를 찾던 그 많던 사람들
차갑게 얼어붙어 버린 계곡물처럼
발길을 끊어 된바람만 불던 우이동에
산벚꽃 피고 나뭇잎 푸르러지는
또 한 번의 봄이 왔다
원불교 봉도청소년수련원에도
앵두꽃 피고 은행나무 새잎 피어나는 날
남쪽바다 까만 몽돌 같은 열 살
계집아이 하나 살러왔다
가막소 가 있는 아비 갓 스물을 넘긴 어미
핏덩이로 버려진
제 어미 젖 한 번 빨아 보지 못한 아이
정녀에게 딸이라니 나이 어린 어미와 가는 연줄처럼
이어졌던 인연의 끈은 이순 너머 아이와 또 이어지는가
누런 이불솜 빼먹고 길모퉁이 흙까지 파먹던
할머니랑 살던 아이는
우이동으로 오고 싶어 했다

풀여치처럼 긴 더듬이로 감지해 보는 아이의 세상은
치매 걸린 할머니보다 더 허기지고 무거웠을까
"어떤 사람이 되고 싶어?"
"지금 여기 이렇게 있다는 것이 그냥 좋아요"
친구 하나 없는 너른 마당에 책가방 던져 놓고
"형구야, 형구야!"
제 몸뚱이보다 더 큰 개 목덜미를 끌어안고
제 몸을 정신없이 비비대는 아이
등 뒤로 봄 햇살이 쏟아진다

황색불

"황색불이 들어와서 막 밟았어요"
"황색불은 멈추라고 있는 것이지
계속 달리라고 있는 것이 아니에요"
딱지를 끊고서야 황색불에 이어 곧장
빨강불이 켜지는 것이 눈에 들어왔다

질주는 질주를 낳아 황색불 앞에서 결코
멈출 수가 없었던 나는 교차로를
넘지 못하고 엉거주춤 멈춰 섰다

빵빵빵 경적이 울리고
'거기 그렇게 서 있으면 어떻게 해"
'아줌마가 집구석에 있지 무슨 차는 끌고 나와 가지고'
빨강 신호등 너머 이어진 길
그 길이 끝나는 곳에 가야 할 또 다른 길이 있는데
빨강불은 빨리 꺼지지 않았다

돌아보면 가속도가 붙어

또다시 달리기를 멈추지 않고
그렇게 몇 개의 교차로를 지나오는 동안
황색등을 무시한 나의 삶
어쩌면 저 황색불은 내 몸속에도 마음에도
애써 무시하고 모른 체 했을 뿐
주기적으로 켜져 있었을까
장마 끝 물줄기처럼 뒤엉킨 차들이
서서히 빠져나가는 동안 '흐름을 따라가라' 던
운전강사 말이 떠올랐다

잡초

풀 한 포기 뽑지 않았다
적어도 내가 이름 부를 수 있는 풀들은
잡풀이 아니어서
망초 여뀌 쇠별꽃 뽀루뱅이 쇠비름
바래기풀 강아지풀 냉이 질경이 애기똥풀
부추밭에도 고추밭에도 상추밭에도
그것들은 하루가 다르게 자라는데
내가 키우고 싶은
부추와 고추와 상추는
크지 못하고 죽어 갔다
살아남는다는 것은
누군가보다 강해야 하고
함께한다는 것은 누군가에게
내 자리를 내주어야 하는 것일까
부추밭에서 부추는
고추밭에서 고추는
상추밭에서 상추는
자신의 자리를 다른 풀들에게

다 내주고
있어야 할 자리를 지키지 못했다
서로 기대고 어울리지 못했다
함께 살지 못했다

여름감기

오뉴월에는 개도 안 걸린다는
여름감기에 무너진 몸
어깨를 펴는 것도
허리를 곧추세우는 것도 힘들었다
걸음을 옮길 때마다 뼈 없는 고무다리처럼
다리는 접혔다 펴지고
바깥바람이 싫어 달팽이처럼 웅크렸다

세상과의 소통은 오로지 손안에 있는 핸폰
힘들이지 않고 톡톡 건드리는 것만으로도
많은 것들을 볼 수 있고 들을 수 있고 보낼 수 있고
모르는 사람들과도 소식을 주고받을 수 있는
기침과 오한으로 한껏 동그랗게 몸을 말면서도
아무렇지도 않게 잘 있어 ㅋㅋㅋㅎㅎㅎ
좋아요 최고예요 할 수 있는
내 세계를 마음대로 포장하고
저쪽 세계를 쉽게 링크할 수 있는

하루가 길지 않았다
심심하지 않았다
그러나 감기가 가로막고 있는
내 얼굴
내 손

새벽 길, 월정사

새벽 3시
월정사 전나무 숲길
하늘로 치솟은 전나무는
그 그림자도 검고 길었다
그림자들 사이사이로
고요히 내린 달빛을 밟으며
새벽 예불 보러 가는 길

내가 내 발자국 소리에 놀라
움찔움찔 그 자리에 설 때마다
나도 나목처럼,
마치 오래전에도 내가 그 자리에 있었던 것처럼
긴 그림자가 되곤 했다

한 번도 가 보지 않았던 길을
언젠가 가 보았거나
꼭 가 보아야 할 길인 것처럼
그 무엇이 이 새벽길을 걷게 하는가

낯선 길을 간다는 것은
홀로 감당해야 할 일들이 많다는 것

하루를 시작하기엔 이른 시간
걸음을 옮길 때마다
두려움과 설렘으로 나는 팽팽해졌지만
보이지 않는 것 보이는 것들 너머에 있는
전나무, 단풍나무, 자작나무들과 그 이파리들을 그려
보면서
살아 내기 위한 낮 동안의 곤함을 풀어내고 있을
다람쥐나 풀뱀 한 마리 혹은 고운 날개의 때까치들이
어느 생에서 또한 나였을지도 모른다는 생각으로
흥건한 등줄기를 식히는 바람 한 줄기 불어오고

이 길 위에서
혹은 이 길이 끝나는 곳에서
내 안을 깨우는 목탁 소리와
어둠이 출렁이는 종소리가 만나

새벽별을 흔들 수 있을까
발걸음이 빨라졌다

뱀

집으로 향하는 길에서나

동네 어귀에서

선한 눈빛으로

애절하게 혀를 놀렸다 하더라도

그것은 애초부터

들을 수 없는 말이었다

말이 될 수 없었다

길처럼 몸을 죽은 듯이 길게 늘어뜨리고

나를 바라보지 않았다 해도 나는 그를

바라볼 수 없었을 것

나는 상처없이 생명을 거두려는 짐승처럼

어둠을 덮고

그늘을 덮고 온몸을 웅크리기에 바빴을 것

기억할 수도 없는 긴 세월 동안

내 몸 어딘가에 그를 향해

열릴 수 없는 차가운 자물쇠가 채워져 있었으므로

능소화

서른아홉이라는 나이
내려가지도 넘어가지도 못하는
담벼락에 앉은 두 아이 에미
발정 난 암캐 둔부 따위 낯 뜨거울 것 없고
담장 너머 이웃 남정네 흘깃거리는 눈 부끄러울 것도
없는
마흔 살이 된다는 것이
이렇게 무거울까
이렇게 흔들릴까
민달팽이 맨몸으로
지나온 축축한 너의 자리
서툴게 꿈틀거리는 너의 가슴
지나간 사랑의 밤을 수만 번 뒤척이고야
눈많은그늘나비처럼 수많은 눈을 껌벅이고야
혼자서는 결코 설 수 없는 등뼈 없는 몸으로
너 있는 데로 너 가는 데로 출렁인다
살아서도 죽어서도 다물지 못하는 입
못다 한 말들이 많아

땡볕에 부풀어만 가는 몸
붉은 피 토해 내는 서른아홉 고개

제4부

그루터기

나의 한 생을 말하진 않겠네

무모하게 들척이던 어깨
푸른 날들을 기억해 내는 건
또 한 번의 회한을 갖는 일

여러 생을 거치는 동안
헐거워진 뼈마디마다
외마디 비명이 들어 있었으니
우우우우 우우우우
흔들리지 않은 때가 없었고

한 마리 가슴 뜨거운 새를 키운 적도 없었으니
하늘 향한 날개를 얻지도 못했고
잠 없는 밤 꿈도 없이 뒤척였지만
이번 생에서는
몇 송이 꽃을 피우고
또 한 생을 이어 갈 씨앗을 얻었으니

이제는 주저앉아 쉬는 것도 좋아
이렇게 한 줌 흙으로 스러지는 것도 나쁘지 않아

하지만 네가 다시 와 준다면
마른 내 옆구리에 푸른 피가 다시 돌고
새순을 밀어낼지도 몰라
또 하나의 나무가 될지도 몰라

해우소

누구든 아랫도리 홀딱 벗고 앉아
볼일을 보아도 부끄럽지 않은
팔공산 수도사 해우소에는
벽만 있고 문은 없더라

잘 생긴 금소나무 몇 그루
우뚝우뚝 서서 쳐다보는데
누구든 엉덩이 까고
오줌발 똥발 질러 대는
팔공산 수도사 해우소에는
나만 있고 너는 없더라

자벌레처럼

난간을 기어가는 자벌레처럼
발이 닿지 않은 곳은 건너뛰면서
순간을 연기해
아무 데서나 쩍쩍 달라붙는
엿가락 같은 몸짓으로 순간을 변신해
거리 같은 건 재지 않아
한 자 한 치 당신의 꼬리는 참 아름답군요*
오로지 살기 위한 거짓부렁
내 몸 어딘가에도
단단한 뼈 따윈 없어서 얼마든지 웅크릴 수 있어
가지와 가지 사이나 하늘과 닿아 있는 우듬지까지도
먹이가 있는 곳이면
날 노리는 것들을 피할 수 있는 곳이면
어디든 언제든 등을 굽히고 갈 수 있어
때론 죽은 척 공중에 매달리기도 하고
나뭇가지처럼 서 있지만
시간 같은 건 재지 않아
다만 살아남기 위해서

먹히지 않고 오로지 살기 위해서
내 목숨을 재는 것뿐
오늘도 난 연기하고 변신해

* 동화 작가 레오 리오니의 자벌레 동화

시

길 아닌 곳에 들어선 자의
캄캄한 두려움을 외면한 채
끝이 보이지 않는 막막함 속에서도
누가 나를 부르는 것만 같아
무작정 달려간 건 무엇이었을까

더 이상 들어갈 수 없는 막다른 골목에서도
스스르 마음이 풀려 자꾸만
흘러간 것은 또 무엇이었을까

한 뼘 오지랖으로 그를 읽어 내는 동안
갈비뼈 사이로 골짜기 바람이
한꺼번에 빠져 나가고 들어오고

빈 들에 서 있는 허수아비
발부리에 걸어차이는 모난 돌
우물 속 같은 길을 걷는 사람들
이름 지어지지 않은 수많은 뒷모습들이

보이지 않는 작은 것들이
마루 끝에 쌓인 흰 눈처럼
나를 막아서고 이미 그의 수렁에
한쪽 가슴이 허물어진 나는 아직
어두운 터널 속이다
어머니만 숨죽여 부를 뿐이다

어느 가을날

밤새 나무들이 서로 익숙해질 때까지 손바닥을 비비는 계절 까닭 없이 벌겋게 달아오르고 마주한 손이 뜨거워지는 갱년기처럼 나무들은 타닥타닥 타오르는 불길을 잠재우기 위하여 가을비를 부르고 허연 머리칼에 주름진 얼굴 단단한 껍질 속 씨앗처럼 부드러운 시간들이 쌓여 있어 물기를 머금어 더욱 붉디붉은 한 장 단풍잎 같은 노인 세월이 흐른다는 것은 쌓이는 것이기도 하지만 기억 저편으로 모든 것을 데리고 가 버리기도 하는 것임을, 주름진 골짜기가 생길 때마다 또 다른 가지가 생겨나곤 하던 생으로 향한 작은 잎들을 주섬주섬 안으로 챙겨 넣으며 뼈를 드러낸 나무들은 스스로 묻는다

한 사람에게 온전하게 간다는 것은 바람 많은 언덕에서 길가의 돌멩이 하나에도 눈길을 주는 일 그저 바라보는 일 허공에 떠 있는 키 큰 미루나무 잎새를 바라볼 때마다 노랑 모시나비처럼 몸이 가벼워진다 팔랑팔랑 날아서 어느 저녁 길게 누운 가을 꽃밭으로 날아가 흐르는 시간의 틈새에 끼어 옴짝할 수 없었던 어둔 계곡에서 다시 날개를 펼 수 있다면 마음귀만 열면 소리는 어디에도 있어 맑

고 순한 것들이 돋아날 것 같은 가을날 골 깊은 한숨을 한
꺼번에 몰아쉰다 다시 나무들은 우수수 손사래 치고

우음도

너를 조금 담는 것은
어려운 일이 아니다
초저녁부터 실비에 젖은 너는
내 앞에만 서 있어
네 순한 눈빛 같은 삘기꽃들이 흔들리는 곳
한때 내게 울음을 주던 짠 그리움이 숨 쉬는
붉은 함초 마디마디 너를 지나온 날들만큼
바랜 조개껍데기 마른 걸음마다 너는 아직도 있어
이제는 소 울음소리도 들리지 않고
흐느끼는 바람 소리도 내지 않고
부신 햇살에 출렁이던 바다였던
온몸으로 서 있는 섬 아닌 섬
바다 아닌 바다인 너
푸른 생명을 키울 수 있다는 것은
하나의 생명일 수 있다는 것은
아직 남아 있는 간기인지도
그 간기를 걷어 내는 바람인지도 모른다
뿌리 없는 사람들은 어디든 가기 마련이고

돌아올 수 없는 만큼 가
그제서야 떠나왔음을 알아채는데
말없이 너를 지키고 있는 버드나무
누군가는 상사목이라고도 하고
누군가는 나홀로나무라고도 하고
누군가는 왕따나무라고도 하는
너와 함께 서 있는 버드나무
스스로를 키운 것은 소리 없는 울음이라는
단 한 번의 망설임도 없이
그날 이후 너와 함께 살 고 있 다
언제든 어디든 눈앞에 너는 있지만
너를 다 담지는 못하지만 그 새벽 이후
나도 너와 함께 살 고 있 다

케이 티 엑스를 타고 오면서

낡은 전봇대가 줄맞춰 너른 겨울들녘을 지키고 서 있
는 나른한 일요일 오후를 빠르게 달려가는 케이 티 엑스
거꾸로 가는 좌석에 앉아 놓치고 지나온 것들이 얼마나
많은지 기억에도 없는 것들을 더듬는데, 아픈 남동생을
뒤로하고 순간 핑 도는 마음의 울림을 빠르게 털어 버리
듯 정갈한 메타세쿼이아 나무에 눈길을 묻고 빈 들녘에
서 스멀거리고 감겨 오는 안개 속에 내 몸을 밀어 넣는다
점점 사위어 가는 겨울 햇살 저 멀리 새 한 마리 날아온
다 어디에도 집을 갖지 못한 날개 기울어진 날들만큼 고
단한, 한때 가졌던 철 이른 희망을 어디로 흘러갔는가 날
아도 날아도 가 닿지 않는 하늘처럼 언제 촛불이라도 켜
야 할지 닳아 버린 날개가 안쓰러운 막막해진 삶이여, 결
코 나아갈 수 없음을 조바심 내진 않았는데 얼마나 많은
시간들을 오늘처럼 빠르게 떠나보냈는지 한순간 머무르
던 너와 함께한 시간을 기억할 뿐 그리하여 두 팔 벌려
너와 내가 우리의 길 위에 순간마다 존재했음을 잊지 않
을 뿐, 이런 헐거운 겨울 오후라면 더욱 좋을 것이다 서
서히 고요 속에 잠기는 12월의 나무들을 바라보면서 단

하루라도 모든 짐을 내려놓고 편안한 잠자리에 들 수 있도록 토닥여 주면서 마침내 별빛이 지상에 내려올 때까지 모든 사람들이 모든 슬픔과 아픔을 접고 안식에 들 때까지 바람이 지나가는 소리를 듣는 것도

플라타너스 나무에는 봄이 늦게 온다

플라타너스 나무에는 봄이 늦게 온다
섣불리 길을 내주지 않는 눈 쌓인 높은 산처럼
플라타너스 나무는 사월에도
봄을 부르지 않는다
하늘을 만질 수 있을 거라 믿는
잔가지들이 해마다 잘려 나가고
몸 구석구석 박힌 옹이는
나무가 살아온 이력
쉽게 드러내지도 감추지도 못하는
마음처럼 새잎을 내보내지 않는다
아이 웃음처럼 봄꽃들이 여기저기 터지고
연한 잎들이 푸르러질 때까지
낮은 바람을 불러 되새김질하는 황소처럼
몸통을 키우는 데 집중한다
뿌리를 뻗어 나가는 데 힘을 쏟는다
추위를 이겨 낸 것들이
봄비에 순해져 끌어안는다는 것이 무엇인지
지켜본다는 것이 무엇인지 다 안다는 듯

키 작은 것들 볕을 가리지 않고
묵은 말들을 새기고 있는 플라타너스 나무는
늦게야 봄을 맞는다

너를 읽는 밤

한 겹 한 겹 어둠이 쌓일 때마다
나도 모르게
나는 네게로 향하고
아무도 보이지 않고
아무것도 보이지 않는데
너는 나를 향해 항상 팔을 벌리고
새로운 길을 열어 주었다
섬진강 물결 같은 네게 갈 때마다
어둠은 세차게 고동치고
새로 난 길들은 늘 세상을 향해 있었다
번호표를 달고
길가에 서 있는 나무들도
머루 알 같은 눈망울의 집소들도
숫자와 함께 어둠에 잠기고
너도 때로 깊은 어둠에 잠겨 있지만
한 줄기 빛을 길어 올리기 위해
안간힘을 쓰는 뭇별들처럼
언어를 빚어내려고 뜬눈으로

밤의 한가운데를 보고 있는
시인의 눈빛처럼
너는 항상 내 곁에 있었다

사람

생각해 보면

나를 무너뜨리는 것도

나를 일으켜 세우는 것도

늘 사람이었다

가까운 사람이었다

마음에 난 길을 따라

하루에도 수십 번씩

물과 물이 만나고

길과 길이 만나듯

사람과 사람을 만나

정을 나누지만

꽃이 지듯

한 사랑이 지고 나면

그 길도 쓸쓸해져

높은 산이 더욱 깊게

저녁 강물에 가라앉듯

어둠 속에서 눈도 귀도

마음도 닫곤 하지만

언제나

길이 끝나는 그곳에도

길이 시작되는 그곳에도

사람이 있었다

내가 있었다

나의 바다

　낮은 곳으로만 흘러든 것들이 또는 더 이상 어딘가로 갈 수 없는 버려진 물들이 모여 바다는 늘 내게 정면으로 달려든다 들어가는 문도 없고 나가는 문도 없는 바다는 순식간에 나를 제 속으로 데리고 들어가 내 마른 속내를 푸르게 적시고 들숨과 날숨에 간기를 불어넣어 준다 미처 피할 수도 없이 나는 발가벗겨지고 무거운 신발을 벗어 던진다 사방 벽이 하나도 없는 바다에서 나는 온몸에 비늘이 돋아 날것으로 퍼덕이는 한 마리 청어가 된다 부끄러운 곳을 결코 숨길 수 없는 커다란 거울 앞에 선 것처럼 따뜻한 사람의 손을 잡고 선 바다 그 바다에서 비릿한 갯내음처럼 출렁이던 마음이 모래알처럼 발가락 사이를 빠져나가는 순간 아찔한 현기증으로 내가 일렁인 것은 아마 속절없이 혹은 일부러 외면하면서 흘려보낸 지난 모든 것들이 수천 개의 더듬이가 되어 나를 훑고 지나갔기 때문이리라 곰삭은 젓갈처럼 익은 것들이 어느 새 서로 몸을 뒤섞고 끊임없이 부딪혀 서로 둥글어진 바다 제각각의 물방울들이 자신을 통째로 내어 주어 한 덩어리가 되어 있는 바다 나의 바다

엄마의 바다로 가는 길

– 장옥근의 시세계

임동확 시인

한 인간의 마음을 붐비는 시장市場에 비유하면 지나칠까? 하루에도 몇 번씩 달라지는 인간의 마음은 경제학적인 수요공급의 법칙 이외에도 날씨 등 자연적인 조건과 당대의 정치상황 등 외부적인 조건에 따라 결정되는 시장의 물가와 유사하다. 대체로 인간의 마음은 매우 복잡다단한 개인적 삶의 조건과 주변 환경과 상호작용하면서 결정된다. 그날그날의 변화에 따라 물가를 결정하고 물물거래를 하는 시장의 유동성을 닮아 있다. 보통 인간들은 직접적으로 마주치는 크고 작은 사건과 경험을 바탕으로 당대 사회나 문화와의 관계 속에서 가능한 한 자신에게 유리한 정보와 지식들을 끌어내면서 일용할 양식과 행복을 추구하고 있다.

첫 시집을 상재하는 장옥근 시인의 시들도 예외는 아니다. 어쩌면 그녀의 시들은 처음 들어선 시장과 같은 낯선 주변 환경과 다른 인간관계의 그물 때문에 "길 아닌 곳에 들어선" 것은 아닌가 하는 "두려움"과 "막막함"에 대처하고 "읽어 내는"(「시」) 저만의 판단과 선택의 결과다. 시시각각 변동하는 세계 속에서 그때마다 새로운 삶의 설계와 지혜를 발휘하고 축적하는 과정에서 자연스럽게 터져 나온 것이 그녀의 한 편 한 편의 시다. 온갖 소식들과 정보들을 취합하면서도 그 속에서 가장 보람되고 가치 있는 삶의 의미들을 캐내는 특정한 작업의 하나가 그녀의 시 쓰기라고 할 수 있다.

하지만 마치 들끓는 시장처럼 끊임없는 사회변동이나 수많은 정보들의 흐름이 한 인간이 자신을 키워 가고 지켜가는 데 유용한 것만은 아니다. 다양한 정보와 지식을 구할 수 있는 생명의 채널을 활짝 열어 두되, 그걸 현명하게 수용하거나 통합해 자신만의 영역을 개척할 수 있는 구속조건이 요구된다. 특히 그것들을 종합하고 거기에 자신만의 선택과 결정을 내릴 수 있는 거점으로서 특별한 장소가 필요하다. 한없이 열려 있는 무경계 또는 무질서의 상태로 스스로의 삶을 설계하고 꾸려 나간다는 것은 거의 기적에 가까운 일이다.

그런 관점에서 볼 때, 장옥근 시인에게 지리산과 섬진 강은 단순히 자신이 나고 자란 고향을 의미하지 않는다. 그곳은 날마다 변화하는 현실 속에서 자신의 정체성을 유지하고 확장시켜 가는 일종의 관계시스템이자 근원적 장소를 의미한다. 하지만 그녀는 "열여섯"의 나이로 정 든 고향을 떠나야 했다. 그저 "보따리 하나 들고" "산수 동" "자취방을 찾아"가야 했다. 그러면서 조숙하게 "먼 길을 간다는 것이 무엇인지/자기 스스로의 삶을 산다는 것이 무엇인지"(「소리를 보다」)를 되물으며 "길 없는 길" 의 "사막"을 걷는 "낙타"(「사막을 건너다」)가 되어 첫 순 례 길을 떠난 바 있다.

장옥근 시인의 두 번째 순례길은 고등학교를 졸업한 "스무 살"의 "봄"이었다. 그녀는 학업을 위해 올라온 광 주를 떠나 "남대문 시장"의 "좌판"에서 발에 맞지 않은 "진달래색 굽 높은 구두"를 사 신은 채 "뒤뚱"거릴 때부 터 "멀고" "가파"른 "세상"과 대면해 자신만의 "삶"을 "꾸리"(「남산 가는 길」)고자 했다. 그리고 그 과정에서 "살아남"기 위해선 "누군가보다 강해야" 한다는 것을 모 진 서울살이를 통해 체감해야 했다. 하지만 타고난 성정과 고향 산천을 뛰어다니며 길러진 심성 탓으로 타인들과 "함께"하기 위해 제 "자리를 내주"(「잡초」)곤 했던 것으로 보인다.

대학생활을 위해 또다시 광주로 귀환한 그녀의 세 번째 순례길은 그녀 생의 빛나는 한순간이었다. 격동기에 입학한 그녀는 "우리들의 작은 목소리"가 "역사의 주춧돌"이 되고 "세상을 바꿀 수 있다"는 믿음으로 "최루가스" 속에서 "짱돌"(「편지」)을 던지는 대학생의 일원이 되었다. 그리고 그 시절 "눈물 콧물 범벅이 자유의 온기"(「그날」)를 맛보며 무럭무럭 시인의 꿈을 키워갔다. 무엇보다도 그 과정에서 그녀는 예비시인으로서 전국 대학생을 대상으로 한 작품 공모에서 수상하는 영광을 누리기도 했다.

네 번째 순례는 그녀의 결혼으로 시작되었다. 그녀는 한 남자의 아내가 되어 여느 여인과 다르지 않는 평범하고 행복한 결혼 생활을 영위했다. 주로 '쌍문동'이나 '수유역' 근처에 터를 잡은 채 가정을 꾸리고 아이들을 키우는 한 가정의 아내와 엄마로서 그 역할에 충실하고자 했다. 그러면서 "서로 다른 뿌리와 가지를 키우면서도" "다 안다는 듯이" "나란히 서 있는" "두 그루" "버짐나무"처럼 알콩달콩 "사랑"을 "키우"는 삶의 시간을 가졌

으리라고 짐작된다.

지금 그녀는 그 긴 삶의 순례길을 거쳐 오는 동안 문득 "눈조차 뜰 수 없는 편두통"과 "떨어져 나갈 것만 같은 어깨", 그리고 "점점 굳어 가는 혀"(「109번 버스」)로 매우 고통스러워하는 중이다. 몸의 평형감각과 근육운동을 조절하는 기능의 이상으로 "걷는 것이 불편하고" "말이 어눌해"지는 "소뇌위축증 환자"(「절규」)로 되어 있다. 앞으로도 그녀가 "가야 할 또 다른 길"이 있는데도 지금 잠시 그 "흐름을 따라"가지 못한 채 "황색불" 앞에서 잠시 "엉거주춤"(「황색불」)하고 있는 모습이다.

하지만 그녀는 이전에 접해 보지 못한 또 다른 삶의 위기와 아픔 속에서도 결코 굴하지 않는다. 마치 "눈많은 그늘나비" 한 마리처럼 "수많은 눈을 껌벅"(「능소화」)이며, "서두르지 않은" 채 자신만의 "삶을 살아 내고야" (「서문식당」) 말겠다는 각오를 피력한다. 자신의 살과 뼈를 키우고 길러 낸 "늦가을 저녁 섬진강"으로의 귀환을 통해 새로운 "손의 움직임과 눈빛", 그리고 스스로를 깨우는 생명의 "소리"(「소리를 보다」)를 듣고자 한다. 그녀의 친할아버지인 "낭원장 할아버지"가 "일본 놈들이 판을 치는 난세를 피해" 찾아든 지리산 자락의 "금환락지"의 "토지 뜰"(「낭원장 할아버지」)로 돌아가 아픈 그녀의 육신과 영혼을 치유하고자 한다.

> 너를 바라보는 시간이 길어질수록
> 너에게로 가는 길이 멀어질수록
> 단단하게 굳어지는 내 마음의 뼈
> 어느 밤 몰래 내리는 눈발에
> 쉽게 지워져 버리는 길에서도
> 때로 잘못 들어선 길 아닌 길 위에서도
> 내 삶의 끝이자 시작인 너에게로 가는 길
> 떨어지는 한 방울 물처럼 쉽게 몸을 부리는 내가
> 너에게로 흘러가는 것만이
> 너에게 가 닿을 수 있는 것은 아니기에
> 오늘은 흐트러진 마음 벽을 마주하고
> 투명한 창끝처럼 나를 곧게 세운다

— 「고드름」 부분

여기서 '고드름'은 단지 '나'의 지난 삶의 아쉬움과 그리움을 토로하는 객관적 상관물에 그치지 않는다. 시간이 흐르고 가는 길이 멀어질수록 더욱 마음속으로 가까이 다가오는 고향을 나타낸다. 때로 잘못된 선택과 판단을 바로 잡은 '내 삶의 끝이자 시작' 점을 의미한다. 얼키설키 엮인 자신의 삶의 실타래를 풀어내어 일정한 시적 의미와 가치를 생산해 내는 일종의 전진기지로 작용하고 있다. 미처 감당할 수 없는 세상의 변화와 매몰찬 세상의 비정非情 속에서 한 방울의 물처럼 갈피를 못 잡고 소멸해 가려는 순간, '나'의 흔들리는 '마음의 뼈'를 곧추세우고 창끝처럼 투명한 세계인식을 가져다 주는 것이 '고드름'이다.

그녀에게 '지리산'은 그러한 생명시스템을 복원시켜 주는 구체적이고 중요한 삶의 거점이다. 그리고 먼저 그 '지리산'은 아버지의 모습으로 다가온다.

아득하게 먼 산

오래된 산등성이

모로 길게 누워 있는

찬비 내리는 가을

더욱 가늘어진 먼 산

서늘한 잔등성이

– 「아버지」 부분

보통 이질적이고 낯선 환경에 잘 적응하며 사는 자들에게 고향은 그리 문제되지 않는다. 찬비와 같은 시련이나 고통에 노출되었을 때, 우린 자신도 모르게 아득하게 멀어진 먼 산을 그린다. 타향살이에서 오는 삶의 고단함이나 불안정성을 슬기롭게 헤쳐 나가고자 할 때 더욱 가까이 느껴진다. 비록 그게 모로 길게 누워 있는 불편한 아버지의 모습을 하고 있을지라도, 끝내 지워지지 않는 게 고향이라고 할 수 있다.

하지만 이번 시집에서 그런 의미의 아버지의 비중은 그리 크지 않다. 특히 '섬진강'과 연결되어 있는 어머니의 비중이 절대적이다. 그녀에게 어머니야말로 고향의 전부이고, 무엇보다도 그 "엄마"는 '나'의 "처음 자른 내 노란 배내머리칼"과 "첫 월경"의 "생리대"를 "고스란히"(「향나무 장롱」) 보관해 온 생명의 원천이자 보호자로서의 어머니를 의미한다.

수천 통의 편지가 오고 간 나의 메일함에 십수 년 전

에 받은 토지사랑 엄마의 처음이자 마지막 편지가 겨울 빈 들판의 푸른 청보리처럼 아직도 살아 있다 오래 묻어 둔 첫사랑에게 편지를 쓰듯 낯선 자판을 한 자 한 자 두 드렸다 엄마의 검지 손 가 락. 나다, 엄마다, 항시 건강 해라. 엄마의 마음 가슴 깊이 전해져 오는데 이젠 답장 을 쓸 수도 없어 엄마, 엄마, 엄마 혼자 견딘다는 것은 겨울나무처럼 그냥 그 자리에 서 있는 것, 봄을 기억하 는 것, 갈수록 걸음이 느려지고 눈길이 물처럼 아래로만 흐르는 물기 많은 겨울 저녁

– 「나다, 엄마다」 전문

여기서 엄마는 단지 '나'의 생물학적이고 육친적인 어머니만을 가리키지 않는다. 추운 겨울 들판의 청보리처럼 어떤 경우에도 살아 있는 불사不死의 어머니를 가리킨다. 지금 여기에 당장 부재하더라도 언제든 "나다, 엄마다. 항시 건강해라"는 편지를 보내오는, 존재하는 모든 신들과 여신들의 현현顯現으로서의 어머니를 나타낸다. 당장 답장을 쓸 수도 없어 그저 겨울나무처럼 그 자리에 서 선 채 견딜 수밖에 없는 슬픔의 시간을 기꺼이 껴안거나 달래며 가슴 깊숙이 자신의 마음을 전해 오는 태모太母를 의미한다.

장옥근 시인은 자신의 "얼굴이며 발목"을 "거미줄처럼" "감"고 도는 칠흑의 "어둠" 속에서 "어머니"가 그녀를 "부르는 소리"(「어둠은 거미줄처럼 나를 감고」)를 듣는다. 언제부턴가 속으로 울며 홀로 "견디어 내야 하는 일들이 늘어날 때마다" 자신의 "얼굴"과 겹쳐 다가오는 "어머니 영혼"(「청동거울, 내 얼굴이 보이지 않는다」)을 느낀다. "걷어 내도 걷어 내도 차오르는 섬진강"의 "가을 안개처럼" 이제 "모든 것들이" 단지 "오래된" "추억"이 되어 버린 세월 속에서 "이 세상"의 "가장 외진 곳에 깨진 사발" 같은 "어머니"가 어디론가 "흘러가지 못"한 채 그녀의 "아픔"(「사발 어머니 밥그릇」)을 달래고 있다.

그처럼 절대적 양육자이자 구원자로서 어머니는 보통 정상적인 생활이나 건강을 유지하는 상태에서 크게 부각되지 않는다. "좀체 눈이 떠지지 않"는 경우나 급기야 "전신마취"(「봄눈」)를 해야 하는 급박한 생의 순간에 더욱 절실하게 호명된다. 슬프게도 "쉴 새 없이 터져 나오는 기침과 통증" 속에서 문득 "온전하게 홀로" "죽음"을 "감당해야"(「편두통을 앓을 때마다」) 하는 절박하고 절실한 지경에 이를 때 어머니의 존재는 '나'의 생사를 주관하는 절대적인 존재로 다가오기 마련이다.

그동안 "미처 알지 못했던 것들"을 그 "엄마"의 "나이

가 되어"서야 "그때 그랬겠구나"(「설해목」)하고 고개를 끄덕이는 것은, 단지 딸이자 엄마로서 자신의 어머니의 삶에 대한 공감과 이해만을 뜻하지 않는다. "예기치 않은 곳에서 불쑥 삶의 끝자락"과 "마주"(「수유역에서」)하는 실존의 비상상태 속에서 급격하게 이뤄지는 내향화(Introversion)와 밀접한 관계를 맺고 있다. 믿고 의지할 만한 절대적 외부대상에 대한 근원적인 결핍감이 "안거에 들어간 수행자처럼"(「달팽이」) 그 대체물로서 심혼心魂의 어머니를 간절히 불러내게 한다.

> 엄마 나 여깄어 엄마
>
> 엄마 그만 울어요
>
> 소리쳐도 내 소릴 듣지 못하고 점점
>
> 타들어 가기만 하는 엄마
>
> 한순간도 잊지 않고 보고 있어요 엄마
>
> 결코 물거품으로 사라지지 않을 내가
>
> 여기 있어요 엄마
>
> 더는 미안해하지 말아요
>
> 슬퍼하지도 말아요
>
> 엄마 곁에서 충분히 행복했어요
>
> 언젠가 내가 다시 태어난다면

그때도 엄마 딸일 테니까

엄마는 그때처럼 그냥 엄마로서

그 자리에만 있어 줘요 엄마

엄마

– 「나도 엄마를 불러요」 부분

그러니까 부재하는 어머니에 대한 더할 수 없는 그리움과 '나'의 간절한 호명은 평범한 일상의 시간에서 발생하지 않는다. 한순간도 잊지 않거나 보고 있는 '엄마'는 '나'의 삶의 시간이 마치 '물거품'처럼 사라질 것 같은 생의 위기와 다급함에서 온다. 즉 "엄마 곁에서 충분히 행복"했다고 말하면서 "언젠가 내가 다시 태어"나도 "그때도 엄마 딸"(「나도 엄마를 불러요」)로 살겠다는 그녀의 고백은, 실제적인 실현이나 직접적인 구원의 요청에 그 목적을 두고 있는 것이 아니다. 죽어서도 여전히 '나'의 생명의 보호자이자 구원자인 어머니 곁으로 되돌아가, 다시 바로 그 어머니 속에서 태어나고자 하는 심리적 움직임 가운데 이뤄진다. 직접적인 삶의 실존적 위기와 죽음에 대한 일말의 두려움이 그녀로 하여금 끊임없이 자신의 어머니를 호명하도록 하고 있다.

하지만 자신의 보호막으로 "언제나" "그 자리에" "멈추어 있는"(「진달래」) 어머니는 단지 직접적인 모습으로만 나타나지 않는다. 수많은 신화들이 증명하듯이 부추와 상추, 콩나무과 고추 등의 채소와 소나무와 자작나무, 향나무와 목백일홍과 플라타너스, 그리고 능소화와 담쟁이, 삘기꽃과 머루알 등의 식물성의 형태로 나타난다. 때로는 비둘기와 까마귀, 집구렁이와 두꺼비, 풀뱀과 다람쥐, 달팽이와 때까치, 곤봉딱정벌레와 꽃개똥애벌레 등 곤충이나 동물들의 이미지로 출현한다.

어디 그뿐인가. 무심코 그녀가 시 속에 끌어들인 바람과 별빛, 허수아비와 조개껍데기 등은 단순한 자연물이 아니다. 그 모든 것들은 저마다 마술적 생명력을 상징하는 여성신격으로서의 어머니와 같은 근원적 의미를 갖고 있다. 그밖에 산과 강, 강물과 바다 등은 그녀의 어머니 상像 속에 고정되어 있는 리비도가 무수한 모습으로 변용되어 나타난 결과다. 얼핏 등장하는 모든 식물과 동물, 광물과 산천들이 그녀가 못내 그리워하며 부르는 어머니의 상징적 등가물인 셈이다.

장옥근 시인에게 '바다'는 그 정점이자 귀결점이다. 그것은 세상의 모든 원소와 사물들을 지배하는 여왕이자 영원한 삶의 의지와 재건의 장소로서 어머니를 가리킨다. 특히 천의 이름을 가진 '미리오뉘모스(myrionymos)' 처럼 무수한 이름으로 불리거나 무수한 이름으로 숭배되는 어머니 중의 어머니가 바다다. 세상에 존재하는 모든 것들을 그 무수한 어머니를 통해 통합하고 합류시키는 것이 진정한 의미의 바다라고 할 수 있다.

낮은 곳으로만 흘러든 것들이 또는 더 이상 어딘가로 갈 수 없는 버려진 물들이 모여 바다는 늘 내게 정면으로 달려든다 들어가는 문도 없고 나가는 문도 없는 바다는 순식간에 나를 제 속으로 데리고 들어가 내 마른 속내를 푸르게 적시고 들숨과 날숨에 간기를 불어넣어 준다 미처 피할 수도 없이 나는 발가벗겨지고 무거운 신발을 벗어 던진다 사방 벽이 하나도 없는 바다에서 나는 온몸에 비늘이 돋아 날것으로 퍼덕이는 한 마리 청어가 된다 부끄러운 곳을 결코 숨길 수 없는 커다란 거울 앞에 선 것처럼 따뜻한 사람의 손을 잡고 선 바다 그 바다에서 비릿한 갯내음처럼 출렁이던 마음이 모래알처럼 발가락 사이를 빠져나가는 순간 아찔한 현기증으로 내가 일렁인 것은 아마 속절없이 혹은 일부러 외면하면서 흘려보낸 지난 모든 것들이 수천 개의 더듬이가 되어 나를 핥고 지나갔기 때문이리라 곰삭은 젓갈처럼 익은 것들이 어느새 서로 몸을 뒤섞고 끊임없이 부딪혀 서로 둥

글어진 바다 제각각의 물방울들이 자신을 통째로 내어

주어 한 덩어리가 되어 있는 바다 나의 바다

– 「나의 바다」 전문

이제 지리산에서 흘러내린 물방울들이 나무와 풀, 산
과 계곡을 적시고 흘러 섬진강으로 모여든다. 그리고 더
이상 그 어디로 흘러갈 수 없는 강물이 모여 남해로, 대
양으로 합류한다. 들어가는 문도, 나가는 문도 없는 원초
의 바다, 태초의 혼돈과 무정형 세계로 '나'를 끌고 들어
간다. 그러면서 그 바다는 순식간에 '나'의 메마른 속내
를 적시고, 가쁜 날숨과 들숨에 생기를 부여한다. 미처
피할 새도 없이 깨끗이 발겨진 몸에 새 생명을 부여하는
바다는 내가 한 마리 청어로 태어나는 것을 기꺼이 돕는
다. 특히 그 바다는 속절없이 혹은 일부러 외면하면서 흘
려보낸 그 모든 날들조차 수천 개의 더듬이를 위한 질료
와 아찔한 현기증으로 일렁이거나 출렁이게 하는 끝없는
생성운동의 흐름으로써 되돌려 놓는다. 쉴 새 없이 부딪
치고 끊임없이 몸을 뒤섞는 가운데 마침내 하나가 된 둥
그러진 바다 앞에서 '나'는 모든 생명의 원천이자 모든
가능성의 총체이자 헤아릴 수 없는 신비를 간직한 태모
太母로서 우주적 바다를 바라보고 있는 중이다. 지금 그

녀는 누구나 예외 없이 건너야 하는 인생의 바다, 숱한 슬픔과 아픔의 고해苦海를 거쳐 여전히 고갈되지 않는 시원적인 생명과 무진장한 창조의 바다 앞에 서 있다.

장옥근

전남 구례에서 태어나 전남대학교 국문학과를 졸업했다. 2013년 『시와경계』 봄호로
등단했다.

e-mail sumji0103@hanmail.net

눈많은그늘나비처럼

초판1쇄 찍은 날 | 2017년 11월 17일
초판1쇄 펴낸 날 | 2017년 11월 27일

지은이 | 장옥근
펴낸이 | 송광룡
펴낸곳 | 문학들
등록 | 2005년 8월 24일 제2005 1-2호
주소 | 61489 광주광역시 동구 천변우로 487(학동)2층
전화 | 062-651-6968
팩스 | 062-651-9690
전자우편 | munhakdle@hanmail.net
블로그 | blog.naver.com/munhakdlesimmian

ⓒ 장옥근 2017
ISBN 979-11-86530-41-2   03810